KB084221

카이의 선택

최상희 소설

손채은 그림

카이의 선택

창비

차 례

카이의 선택

이번엔 내 차례였다. 3년 전에는 언니였다. 언니는 내 예상과 다른 선택을 했다. 언니가 나를 두고 떠날 줄 몰랐다. 배신이었다. 아니, 선택이었다. 우리는 선택해야 했다. 우리가 가진 능력 때문이었다. 우리는 다른 이들과 다르다. 그렇다고 비정상인 건 아니다. 언니는 그렇게 말하곤 했다. 우리는 다른 사람들보다 읽기에 조금 더 소질이 있을 뿐이었다. 드물긴 해도 그런 아이들이 종종 있었다.

우리를 부르는 이름은 많았다. 그중 하나는 카이였다.

눈을 떴다. 어둑하다. 그대로 누운 채 기다린다. 휴대폰 알람이 울린다. 5시 50분. 늘 알람보다 5분 먼저 깬다. 그 5분 동안 침대에 누워 있는 시간이 정말 좋다. 기억나지 않는 꿈이 어른거리고 포근한 이불 속에서 다시 잠들고 싶다. 하지만 알람이 울리면 미련 없이 일어난다. 트레이닝복으로 갈아입은 뒤 집을 나선다. 아파트 단지를 빠져나가 길을 건너 잠시 걸으면 하천을 따라 난 산책로가 보인다. 이른 시각이라 산책로에 사람은 드물다. 하얗게 물안개가 피어올라 싸늘한 대기 속으로 번져나간다. 주위가 조금씩 밝아진다. 푸르스름한 공기 속으로 나는 달리기 시작한다.

3년 넘게 아침마다 달렸다. 장마와 태풍으로 하천 산책로가 통제되는 날을 빼고는 거의 매일 달렸다. 시작은 중학교 1학년 때, 체력을 키우기 위해서였다. 체력이 약한 건 아니었다. 오히려 감기 한번 앓은 적 없을 정도였다. 그렇지만 더 강해지고 싶었다. 나는 초등학교 4학년 때부터 농구를 했다. 농구에 소질이 있는 줄은 몰랐다. 흥미가 있는 것도 아니었다. 다른 애들보다 머리 하나만큼 큰 키 덕에 농구 선수로 뽑혔다. 그런데 하다 보니 꽤 재미있었다. 의외의 재능이었다. 농구를 시작할 땐 큰 키가 한몫했지만 웬일인지 그 뒤로 키가 별로 자라지 않았다. 중학교에 진학하자 농구 선수로는 단신 축에 들었다. 키 작은 농구 선수로서 살아남기 위해서는 체력과 순발력을 키우는 방법밖에 없었다. 처음에는 아침마다 일어나는 게 고역이었지만 이

내 익숙해졌다. 좋다, 싫다 하는 마음이 끼어들 틈도 없이 아침 달리기는 나의 한 부분이 되었다. 그러다 농구를 그만두었다. 중학교 2학년 가을 전국 대회가 마지막이었다. 그래도 달리기는 계속했다.

주위가 완전히 환해지고 안개가 말끔히 걷혔다. 마른 갈대 사이로 청둥오리 몇 마리가 떠다닌다. 산책 나온 강아지가 맞은편에서 다가오자 나는 속도를 늦춘다. 꼬리를 살랑살랑 흔들며 강아지가 나를 지나친다. 다시 속도를 낸다. 뺨에 부딪치는 바람이 상쾌하다. 좁은 하천이 차츰 넓어지다 강으로 합류한다. 조금 더 달리면 유람선 선착장이 나온다. 유람선 모양의 카페가 물 위에 떠 있고 주위로 요트가 몇 채 정박해 있다. 반환점이다. 왕복 8킬로미터, 소요 시간 약 40분. 전력 질주는 하지 않는다. 보폭과 호흡을 고르게 유지하면서 달리는 데 집중

한다. 마지막에는 약간 다리가 무겁고 숨이 찬다. 그 정도가 딱 좋다. 뛰는 동안에는 아무 생각도 나지 않는다. 그래서 달리는 게 좋다.

반환점을 돈 순간 이마 위로 뭔가 똑 떨어졌다. 바닥에 검은 점들이 몇 개 생겼다. 비다. 비 예보는 없었는데. 잠들기 전에 나는 늘 일기 예보를 검색해 보곤 했다. 비는 삽시간에 퍼붓기 시작했다. 나는 빗속을 질주했다. 평소보다 6분 단축. 마라톤 대회에 나가도 될 것 같다. 흠뻑 젖은 채 집에 도착했다.

엄마가 베란다에 서 있었다. 창을 열고 밖을 내다보고 있다. 마치 누가 오나 살피는 것처럼. 아침에 눈뜨자마자 그리고 밤에 잠들기 전, 엄마의 습관이다.

"엄마, 비 들어온다."

엄마가 고개를 돌려 나를 보더니 깜짝 놀라 말했다.

"다 젖었네. 빨리 씻어. 감기 들라."

"어."

"반야는 우산 가져갔나……."

엄마가 말을 멈췄다. 황망한 표정이었다.

나는 못 들은 척하고 욕실로 들어갔다. 뜨거운 수증기로 욕실 거울이 부옇게 됐다. 엄마는 울고 있을지도 모르겠다. 엄마는 아직도 창밖을 내다보며 기다린다. 엄마의 딸, 나의 언니 반야를. 언니는 3년 전, 열일곱 살 생일에 집을 떠났다. 작별 인사도 없었다.

1만분의 1. 카이로 태어날 확률이다. 그게 어느 정도의 빈도인지 검색해 본 적이 있다. 네 잎 클로

버를 찾을 확률이라고 했다. 나는 한자리에서 네 잎 클로버를 세 개나 찾은 적도 있다. 네 잎 클로버는 세 잎 클로버의 기형이라고 한다. 클로버를 그릴 때 세 잎을 그리는 애를 본 적이 없다. 네 잎 클로버를 그리며 기형이라고 생각하는 사람이 있을까. 우리는 기형은 아니다.

나는 여덟 살 때 카이로 판정받았다. 여덟 살이 된 아이들은 모두 검사를 받아야 한다. 검사를 받은 뒤 카이라고 의심되면 센터에서 정밀 검사를 받는다. 정밀 검사에서도 나는 카이로 판정됐다. 언니가 판정받은 지 3년 뒤였다. 우리처럼 자매가 모두 카이인 경우는 매우 희귀한 일이라고 했다. 여덟 잎 클로버를 발견할 확률 정도이려나.

카이로 태어나는 원인은 명확히 밝혀지지 않았다. 유전 혹은 DNA 변이가 원인이라고도 하고, 알려지지 않은 바이러스 때문이라거나 환경의 영향이라는 추측도 있다. 어느 것도 확실치 않다. 분명한 건 카이가 행운의 네 잎 클로버는 아니라는 거다. 언니에 이어 내가 카이 판정을 받고 난 뒤 엄마는 아빠와 이혼했다. 아빠는 인정하지 않았다. 우리가 카이라는 것도, 심지어 우리가 자신의 아이라는 것도. 아빠는 우리를 버리고 떠났다. 버려진 건 우리가 아니라 아빠라고 엄마는 말했다. 그 뒤로 아빠와 만난 적 없다.

엄마는 한 번도 포기하지 않았다. 꾸준히 치료하면 우리가 다른 아이들과 같아지리라고 믿었다. 우리 자매는 토요일 오전이면 센터에 가서 의사 선생님을 만났다. 늘 온화한 표정의 의사 선생님은 학교생활이나 친구 관계, 수면 상태와 식욕, 기분 따위를 묻고 내가 머뭇머뭇 대답하면 모든 걸 이해

한다는 표정으로 은은히 미소 지은 뒤 종이 위에 뭔가를 끄적였다. 상담이 끝난 다음 대기실에서 엄마를 기다리는 동안 몇 번 다른 카이들을 만난 적이 있다. 그 애들과 말을 나눈 적은 거의 없다. 우리는 서로를 못 본 척했다. 그러면 마치 우리들이 카이가 아니게 되는 것처럼. 우리의 능력은 질환도, 장애도 아니라고 엄마와 의사 선생님은 말했다. 하지만 질환이나 장애가 아니라면 왜 치료를 받아야 하는가. 엄마는 누구보다 잘 알고 있었을 것이다. 믿음과 사랑이 기적을 일으키는 이야기는 영화에나 나온다는 걸. 엄마 역시 우리를 있는 그대로 인정하지 않은 거다.

웬일인지 인터넷에는 우리 같은 애들이 넘쳐 났다. 능력자, 초능력자, 뮤턴트, 메타 휴먼, 몬스터 등등 여러 가지로 변주된 이름을 내건 사이트가 수

없이 많았다. 할리우드 영화에서 영향받은, 상당히 미화된 이름들이다. 같은 의미인데도 괴물이나 돌연변이와는 썩 다른 어감이다. 초월적이고 신비로운 존재, 혹은 저 우주 어딘가의 외계 종족을 가리키는 것 같다. 하지만 어디까지나 우리는 평범한 인간일 뿐이다. 그런 사이트의 글을 읽다 보면 세상 사람들 모두 능력을 지녔는데 숨기고 사는 게 아닌가 싶은 생각이 들었다.

능력은 매우 다양했다. 먼바다에 이는 파도의 움직임을 읽을 수 있는 능력, 시계를 보지 않고도 정확히 시간을 읽는 능력, 바퀴벌레가 이동하는 경로를 읽는 능력. 과자 봉지를 뜯기 전에 과자가 몇 개 들었는지 정확히 읽을 수 있다는 아이도 있었다. 그런 능력은 도대체 어디에 써먹냐는 댓글이 줄줄이 이어졌다. 밑에 답이 달렸다. '야, 그럼 내

가 지구라도 구해야겠냐?'

그럴싸해 보이는 능력도 종종 있었다. 아픈 고양이를 읽을 수 있는 능력은 꽤 마음에 들었다. 하지만 그 능력을 가진 애는 고양이 털 알레르기가 있어서 괴로울 뿐이라고 했다. 폭발적인 호응을 얻은 능력 중 하나는 시험 답안을 읽는 능력이었다. 그거야말로 진짜 솔깃했다. 누구나 한 번쯤은 꿈꿔보는 능력 아닐까. 그런데 생각해 보면 그 굉장한 능력은 결정적인 순간에 별 도움이 되지 않는다. 입시 전선에 뛰어든 아이들의 결승점이라고 할 수 있는 대학 입시에는 써먹을 수 없을 테니까. 열일곱 살 생일에 우리는 선택을 해야 하기 때문이다.

압도적인 인기를 차지한 건 바로 '타인의 마음을 읽는 능력'이었다. 좋아하는 애의 마음을 읽어서 사귀었다거나, 싫어하는 녀석의 약점을 잡아 한

방 먹었다거나, 반 아이들의 마음을 사로잡아 최고의 인기남으로 등극했다거나 하는 이야기도 있었다. 처음 보는 사람과도 금방 친해지고, 마음만 먹으면 얻고 싶은 것을 얼마든지 가질 수 있다고 했다. 사실이라면 대단한 능력이 분명했다. 하지만 어쩐지 수상쩍었다. 그럴듯한 능력은 대개 허풍인 경우가 많았다. 인터넷에 떠도는 글들을 나는 대체로 믿지 않는 편이다. 물론 예외는 있기 마련이다. 내가 처음 만난 카이는 타인의 마음을 읽었다.

그 애는 유독 붙임성이 좋은 아이였다. "안녕하세요? 머리 스타일이 참 잘 어울리시네요."라든가 "블라우스 색이 진짜 예뻐요."라고 어른들에게도 스스럼없이 말을 걸었다. 그 애의 칭찬에 아무리 고약한 사람이라도 무장 해제되어 미소를 지었

다. 그 애가 가는 곳마다 웃음꽃이 팡팡 터졌다. 한바탕 칭찬 폭탄을 터뜨린 뒤, 그 애가 의기양양한 얼굴로 내 옆에 와 속삭였다. "저 아줌마 머리 모양 진짜 이상하지 않냐? 망친 머리만 종일 신경 쓰고 있어. 나 같으면 창피해서 어디 못 나갈 텐데. 저런 옷은 돈 주고 사 입는 거냐?" 나는 틈을 봐서 자연스럽게 그 애에게서 떨어져 앉았는데, 그 애는 내 옆에 바짝 붙어 앉더니 말했다. "걱정 마. 난 또라이 맞지만 너랑 친구 할 생각도 없어." 나는 속이 뜨끔했고 그 애는 체셔 고양이처럼 빙긋 웃었다.

그 애는 어릴 적 방에 갇혀 지냈다. 손수건으로 눈이 가린 채였다. 마음만 먹으면 수건은 풀 수 있었지만 그러면 엄마가 화를 냈다. 그 애는 엄마가 화내는 게 싫었다. 밥 먹을 때만 수건을 풀 수 있었다. 밥도 방 안에서 혼자 먹었다. 그 애 엄마는 쟁

반에 밥을 차려 방에 들어올 때마다 속으로 노래를 불렀다. 혹은 텔레비전에서 본 장면을 떠올리기도 했다. 한번은 밥을 먹다 그 애가 왜 아니겠습니까, 하고 하하하 웃었다. 조금 전 엄마가 본 드라마 속 대사였다. 엄마는 굳은 얼굴로, 쟁반 치우는 것도 잊고 방에서 나가 버렸다. 그 애는 또 잘못했다는 걸 알았다. 종종 그런 적이 있었다. 엄마 친구네 집에 놀러 가서 "난 진짜 강아지 키우는 사람 이해가 안 돼. 이게 밥을 먹는 거야, 털을 먹는 거야." 하고 그 애가 말했을 때 엄마의 얼굴은 일그러졌다. 유아차를 밀고 엘리베이터에 탄 옆집 아주머니에게 "어쩜 애기가 이렇게 못생겼담? 엄마 판박이네." 하고 말했을 때 엄마는 그 애 대신 아주머니에게 사과하느라 진땀을 흘렸다. 그때마다 엄마는 그 애에게 엄청 화를 냈다. 그 애는 이해할 수 없었다.

왜 엄마는 속마음과 다르게 말하지? 다만 확실히 깨달은 건 엄마의 속마음을 다른 사람에게 말하면 안 된다는 거였다. 다른 사람의 속마음을 읽는 건 아주 나쁜 짓이라고 엄마는 말했다. 하지만 어쩔 수 없었다. 아무리 하지 않으려고 애써도 저절로 읽혔다. 그 뒤로 그 애는 눈이 가린 채 방에 갇혔다. 눈을 가리고 있어도 알 수 있었다. 엄마가 자신을 사랑하지 않는다는 것을. 그 애는 엄마의 마음에서 괴물을 읽었다. 그 흉측한 괴물은 바로 그 애의 모습을 하고 있었다.

그 애의 이야기는 도무지 믿을 수 없었다. 그런데 어쩐 내용이 낯익었다. 곰곰이 생각해 보니 어렸을 때 읽은 동화와 비슷했다. 타인의 마음을 읽는 아이가 두려워 엄마가 아이의 눈을 일곱 겹의 천으로 가린 뒤 마루 밑에 가둔 이야기. 마루 위에

일곱 겹의 깔개까지 깔았지만 소용이 없자 엄마는 아이를 눈 쌓인 숲속에 버린다. 그런 이야기를 분명 읽은 적 있다. 나는 그 애를 빤히 바라봤다. 그러자 그 애가 말했다.

"어, 안 속네."

그러고는 킥킥 웃었다.

나는 그 애의 말을 다 믿지는 않았지만 그 애의 능력은 조금 부러웠다. 내 능력에 비하면 어마어마하게 근사한 능력이었다. 타인과 친해지는 시간과 수고를 덜 수 있고, 오해나 미움을 사는 일도 없고, 다른 사람의 마음을 쉽게 사로잡고 심지어 조종할 수도 있을 것이다. 잘만 쓴다면 누군가에게 큰 도움이 될 수 있다. 혹 외계인을 만난다면 인류와 우주 평화에 엄청나게 기여할 것이다. 생각만 해도 흥분됐다.

"뭐, 그렇게 대단한 능력은 아니야. 그쪽 언어는 또 어떤지 모르고 말이야."

그 애가 말했다. 확실히 내 속을 읽었다. 그 순간 나는 당황했고 묘한 기분이 들었다.

"바로 그거야. 내가 너와 친구가 될 생각이 없는 이유가."

묘한 기분의 정체가 뭔지 나는 알았다. 나는 그 애가 꺼림칙했다. 내 속을 낱낱이 읽는 그 애를 피하고 싶었다. 그건 바로 다른 사람들이 우리를 대하는 태도였다. 부끄럽고 미안했다. 사과하고 싶었지만 왠지 그러지 못했다. 그 애는 이미 모든 걸 알았을 것이다.

그 애는 아무렇지 않은 표정으로 골똘히 블라인

드 내려진 창만 바라보았다. 마치 그 너머에 뭔가 있는 것처럼. 블라인드를 친 창으로 비쳐 든 햇살이 그 애의 얼굴에 빗금을 그어 놓았고, 그 애가 가만히 눈을 깜빡인 순간 우연히 닿은 빛에 눈동자가 유리구슬처럼 맑게 빛났다. 그 뒤로 그 애를 다시 만나지 못했다. 그 애는 나보다 한 살 많았으니 작년에 선택했을 것이다. 어떤 선택을 했을지 궁금하다. 짐작은 가지만 사람들은 예상과 다른 선택을 하기도 하니까. 내 언니가 그랬던 것처럼.

또 피구다. 체육 선생님은 허구한 날 피구만 시킨다. 피구는 질색인데. 공으로 사람을 맞혀 점수를 낸다는 점이 싫다. 더 싫은 건 여학생은 피구, 남학생은 농구로 정해졌다는 거다. 선택의 여지는 없었다. 할 수 없다. 적당히 공을 피하다 죽자는 게 내

계획이었다. 너무 빨리 죽어도, 너무 늦게까지 살아남아도 안 된다. 그랬다간 괜히 눈에 띄니까. 계획이 무색하게 나는 계속 공을 잡아서 득점했다. 본능이고 습관이다. 공을 향해 뛰고 잡기를 5년이나 했으니 몸에 익어 버렸다. 이리저리 뛰어다니면서도 내 눈은 저절로 농구 코트로 향했다. 완전 엉망진창이었다. 제대로 된 슛 하나 없다. 반칙 남발, 규칙 무시, 드리블은 고사하고 패스는…… 아, 말을 말자.

방심했다. 정신 차리고 보니 나는 우리 팀 최후의 1인으로 남아 있었다. 상대 팀은 세 명 남았다. 상대 진영에서 공이 날아왔다. 상당히 위력적이다. 지금이다. 이번엔 꼭 죽자. 결심했지만 어느새 공은 내 손안에 들어와 있었다. 상대편이 받기 좋게 공을 던졌지만 비명을 지르며 달아나던 아이의

등 한가운데 꽂혀 버렸다. 그런 다음 공이 튕겨 나와 또 정확히 내 손에 들어왔다. 이젠 모르겠다. 에잇, 하고 아무렇게나 던졌다. 그 순간 둔탁한 소리와 함께 비명이 울렸다. 공을 맞은 애가 얼굴을 감싸며 주저앉았다. 심지어 우리 편 아이들까지 모두 주저앉은 아이에게 우르르 달려갔다.

"이건 아니지! 처음부터 불공평한 경기잖아. 반칙이야! 너는……. 너 같은 게. 아, 진짜!"

상대편 아이 하나가 공을 발로 뻥 차서 공중으로 날려 버렸다. 아마도 날리고 싶은 건 따로 있겠지. 그 애가 하고 싶었던 말을 나는 안다. 카이라고 말하고 싶었겠지. 카이 같은 건 꺼지라고 말하고 싶었겠지. 우리가 카이라는 사실은 알려져서는 안 된다. 하지만 내가 카이라는 걸 모르는 애는 없다. 2년 전 일 때문이다.

농구 팀에서 내 포지션은 포인트 가드였다. 포인트 가드는 일단 득점 기회를 만들어 주는 어시스트 역할을 하지만, 그게 다가 아니다. 포인트 가드는 경기 흐름을 읽고 주도해야 한다. 그래서 포인트 가드를 코트 위의 코치라고 부를 정도다. 나는 키도 작은 편이고 힘도 약해 몸싸움에서 밀렸다. 하지만 공 읽는 능력과 패스 감각이 탁월했다. 공이 올 방향을 미리 알고 움직였다. 어느 선수보다도 빠르고 심지어 공보다 더 빨랐다. 자화자찬이 아니다. 주위의 평가였다. 공이 날아오는 곳에 어김없이 내가 있었다. 순식간에 상대의 공격을 끊고 빈틈을 노려 알맞은 곳에 패스해 득점으로 연결했다. 여차하면 직접 골대 밑으로 파고들어 슛을 쏴 득점했다. 한마디로 전천후 플레이어였다. 그런 이유로 나는 1학년으로는 드물게 주전에 발탁되어 줄곧 경기를 뛰었다.

약체였던 우리 팀은 승승장구했다. 내가 2학년 때 우리 팀은 창단 이래 처음으로 전국 대회 우승을 차지했다. 그해 봄 대회에서 나는 최고 어시스트상을, 가을 대회에서는 최우수 선수상을 받았다. 그리고 의혹이 제기됐다. 누군가 내가 카이라고 제보한 것이다.

엄밀히 따지자면 내가 카이인 건 문제 삼을 수 없었다. 하지만 내 능력이 문제였다. 의혹대로라면 나는 부정행위를 한 선수였다. 농구연맹에서 이 사안을 두고 회의를 열었지만 아무것도 입증하지 못하고 아무 결론도 내지 못했다. 우리가 카이라는 사실을 밝히는 것은 불가능했다. 우리의 정체는 공식적으로 비밀에 부쳐졌다. 우리의 능력에 관한 정보도 절대 알려져서는 안 됐다. 원칙이 그랬다. 우리가 능력을 드러내거나 이용해서도 안 됐다. 그역시 원칙이었다. 하지만 모두 알고 있었다. 내가 카이라는 것을. 내가 능력을 이용해 부정을 저질렀다고 모두들 확신했다. 나는 농구 팀에서 나왔다. 의혹은 사실이었다. 나는 3초 후를 읽었다.

코트에 서면 모든 게 한눈에 들어왔다. 공을 잡는 순간 일제히 흐르는 선수들의 움직임, 공을 두고 벌어지는 몸싸움, 공의 방향과 패스. 나는 누구보다 먼저 공이 날아가는 방향을 향해 돌진했다. 그리고 슛. 손에서 떠난 공이 허공을 가르는 순간, 성공을 예감한다. 그건 내 손이 안다. 내 모든 감각이 직감한다. 능력 때문이 아니다. 실력이다. 나는 열심히 연습했다. 빠르고 빈틈없었다. 안정적인 드리블과 정확한 패스와 슛 감각은 카이의 능력과는 상관없다. 집중력과 연습의 결과다. 능력 같은 건

쓸 필요 없다. 3초 후를 읽을 겨를은 없다. 농구는 1초, 아니 0.1초를 다투는 경기다. 나는 내 실력으로 뛰었다. 하지만.

마음 깊은 곳에서 나 역시 의심했다. 혹시 그랬나? 역시 능력 덕분이었나? 의도한 건 아니다. 이용했던 걸까? 모르겠다. 그냥 뛰는 게 좋았다. 공을 향해 달리고 슛을 쏘는 순간이 짜릿했다. 그뿐이었다.

억울했다. 그리고 의심했다. 내가 카이라고 누가 제보했을까. 나를 잘 아는 사람일 것이다. 어쩌면 한때 내가 친구라고 생각했던 누군가.

내가 스스로 카이라고 밝힌 적이 한 번 있었다. 초등학교 3학년 때. 짝이었던 애가 어느 날 불쑥 비밀이라며 자기 부모님이 이혼할 것 같고 그러면 자기는 고아가 될 거라고 서럽게 울었다. 짝을 위로

하던 나는 어쩐지 나도 그래야 할 것 같아서 비밀을 털어놓았다. 그 애와 계속 친하게 지내고 싶었고, 친구와는 비밀을 나누는 법이라고 생각했으니까. 하지만 그날 이후 짝은 나를 피하기 시작했다. 누구의 잘못도 아니었다. 우리는 어렸고 잘 몰랐을 뿐이고 그 애한테는 카이와 놀지 말라는 부모가 있었다. 그 애의 부모는 이혼하지 않았지만 내 비밀을 털어놓은 대가는 꽤 가혹했다. 내가 카이라는 소문이 전교에 퍼지고 나는 아이들에게 시달렸다. 얼마 뒤 우리 가족은 갑자기 이사를 했고 언니와 나는 전학했다. 딸을 위해 엄마가 찾은 해결책이었다. 하지만 한번 드러난 비밀은 끈질기게 나를 따라다녔다.

나는 자책했다. 그런 다음엔 후회했다. 비밀을 말한 것을, 농구 따위를 시작한 것을. 그다음엔 원망했다. 거의 모든 것에 대해. 곁에 없는 언니마저 나는 원망했다. 세상에 나를 이해할 수 있는 사람은 언니뿐이었다. 언니가 보고 싶었다.

언니는 네 살 때 능력을 처음 드러냈다. 할머니가 오랜만에 손녀를 만나러 온 날, 언니는 평소 잘 따르던 할머니를 보자마자 경기를 일으켰다. 어린 애들은 간혹 그럴 수 있다고 할머니는 언니를 달랬지만 언니는 악을 쓰고 버둥거렸다. 급기야 온몸에 열이 올라 탈진해 까무러친 언니를 업고 부모님은 병원으로 달려갔다. 입원해서 여러 검사를 받았지만 언니에겐 아무 이상이 없었다. 그게 할머니와의 마지막이었다. 손녀를 걱정하며 집으로 돌아간 할머니는 그날 밤 심장 마비로 돌아가셨다. 언니는 죽음을 읽었다.

"죽는 순간이 보여?"

언니에게 물은 적 있다.

"아니, 그냥 예감이 들 뿐이야."

"어떤 느낌인데?"

언니는 가만히 생각해 보다 대답했다.

"주위가 어둑해지고 갑자기 무언가가 가슴을 짓누르면서 눈물이 막 나올 것 같아."

할 수 있다면 언니는 누구보다 더 많은 눈물을 흘렸을 것이다.

우리는 카이로 판정받은 즉시 비밀 엄수 서약을 했다. 비밀 엄수가 뭔지도 잘 모를 나이에 지켜야 할 비밀이 생겼다. 서약에 따라 우리는 카이라는 걸 감췄다. 아니, 감추려고 했다. 그러나 불가능한 일이었다. 우리는 결국 정체를 들켰다. 우리는 울지 못했다. 거울 조각이 심장에 박혀 눈물을 흘릴

수 없게 된 동화 속 아이처럼. 그래서 우리는 카이라고 불렀다.

　나는 언니가 죽음을 읽는 순간을 줄곧 봐 왔다. 죽음은 생각보다 가까이, 빈번히 있음을 언니 때문에 알게 됐다. 보이지 않는 작은 벌레와 어린 고양이의 죽음에 언니는 눈물 흘리지 못하고 속으로 비통함을 삼키며 가까스로 버텨 냈다. 그러지 못한 경우도 많았다. 지금도 또렷이 떠오르는 기억이 있다. 엄마 없이 언니와 둘이서만 처음 버스에 탔을 때였다. 문득 이상한 예감에 나는 언니를 돌아봤다. 언니는 갑자기 온몸을 부들부들 떨었다. 그러더니 고통스러운 신음을 내며 두 손으로 머리를 감싸고 의자 아래로 기어들어 가려 했다. 승객들 모두 놀라 언니를 바라보았다. 다음 정류장에서 나는 언니를 버스에서 끌어 내렸다. 언니는 버스 안에서

알지도 못하는 누군가의 죽음을 읽었다.

죽음은 예고 없이 찾아왔고 그때마다 언니는 속수무책이었다. 그런데도 언니는 죽음을 막아 보려 한 적이 있다. 어느 누가 그러지 않을 수 있겠는가. 눈앞에서 물에 빠져 허우적대는 사람을 보면 무슨 수를 써서라도 구해 내고 싶은 법이다.

언니는 한동안 같은 학교 아이 하나를 죽어라 따라다녔다. 무슨 이유에서인지 반 아이들로부터 지독하게 따돌림을 당하는 아이였다. 학교에서 언니는 늘 그 애를 주시하며 곁을 맴돌았고 심지어 그 애 학원까지 따라가곤 했다. 언니가 그 애를 좋아한다는 소문이 돌 정도였다. 그 때문에 덩달아 언니까지 따돌림당했는데, 심지어 그 애마저 언니를 질색하며 피했다. 어느 날부터 언니는 선생님을 찾아가 옥상 입구를 폐쇄해 달라고 거듭 요청했다.

선생님은 그때마다 뜨악한 표정으로 언니를 돌려보냈고, 별다른 조처는 하지 않았다. 어차피 옥상으로 통하는 문은 늘 잠겨 있고 옥상은 출입 금지였기 때문이다. 얼마 뒤 따돌림당하던 아이는 결국 수업 중에 옥상에서 뛰어내렸다. 그때 언니는 옥상으로 통하는 계단을 정신없이 뛰어오르고 있었다.

사고 뒤에 나는 언니를 따라 장례식장에 갔다. 죽은 아이를 애도하는 마음도 있었지만 그보다는 언니가 걱정돼서였다. 장례식장에 조문객은 매우 적었고, 친구라고 할 만한 아이들은 한 명도 보이지 않았다. 언니는 눈물 한 방울 흘리지 않고 어딘가를 노려보며 장례식장을 지켰다. 그 뒤로 학교에서 언니와 눈을 마주치는 아이는 아무도 없었다.

"언니 잘못이 아니잖아."

나는 언니를 위로하고 싶었다. 죽음을 읽지만

막을 수는 없다. 언니는 할 수 있는 최선을 다했다.

"마하야, 나는……."

나를, 아니 내 어깨 너머 어딘가를 물끄러미 보던 언니가 한참 만에 말했다.

"왜 나한테 이런 능력을 줬는지 생각하곤 해."

"누가 줬는지 몰라도 좋은 사람은 아닌 것 같다."

"아니, 그게 아니라. 왜 내가 이런 능력을 가지게 됐는지 말이야."

"이유, 모른다잖아."

"그래. 그래서 난 견딜 수가 없어."

나는 언니를 이해할 수 있었다. 우리는 단 한 번도 능력을 원한 적 없다. 그래서 언니의 선택을 짐작했다. 하지만 언니는 그러지 않았다. 나는 언니의 선택은 읽지 못했다. 나는 고작 3초 후를 읽을 뿐이었으므로.

"그러니까 3초 후를 보는 능력자님이시다, 이거
지?"

점심시간에 남학생 대여섯이 내 자리를 둘러쌌
다. 옆 책상에 걸터앉은 몸집 큰 애가 내 책상을 툭
툭 차며 말했다. 단추를 풀어 젖힌 교복 셔츠 사이
로 프린트된 미키마우스가 보였다. 미키마우스는
입을 벌리고 웃고 있었다. 급식실에서 돌아온 애
들의 눈이 모두 한곳으로 모였다. 미키마우스는
주목받는 걸 좋아하는 것 같았다. 아주 신난 표정
이었다. 구경이라도 난 듯, 아이들이 기대에 찬 얼
굴로 슬슬 몰려들었다. 확실했다. 내 편은 아무도
없었다.

"꺼져라."

나는 배에 힘을 잔뜩 주고 가까스로 말했다. 마치 내가 농담이라도 한 것처럼 미키마우스와 그 친구들이 킬킬 웃어 댔다. 한바탕 웃음이 지나가고 미키마우스가 빙글거리며 말했다.

"야, 3초 후에 내가 뭐 할 것 같나?"

잠시 정적. 그리고 내 머리 위로 물이 쏟아졌다. 왁자하게 터지는 웃음.

"앗, 실수. 3초 후의 내가 이럴 줄 몰랐네. 하지만 넌 알았어야지."

얼굴을 타고 물이 흘러 뚝뚝 떨어졌다. 미키마우스가 빈 생수병을 흔들며 낄낄댔다. 나는 자리에서 일어나 뒷문을 향해 걸었다.

"야, 너 혹시 울러 가는 거 아니지?"

미키마우스가 큰 소리로 외쳤다. 키득거리는 웃음소리가 내 뒤를 따라왔다. 문손잡이를 잡은 순간 나는 머리를 숙였다. 빗나간 빈 생수병이 문에 맞고 바닥에 나뒹굴었다. 능력자다! 하는 소리와 함께 휘파람 소리가 울렸다. 요란한 웃음소리가 터졌다.

화장실에서 휴지로 대충 물기를 닦았다. 짧은 머리를 툭툭 털었다. 금방 마를 것이다. 알고 있었다. 미키마우스가 손에 쥔 물병으로 무슨 짓을 할지. 3초 후 내 머리 위로 쏟아지는 물벼락도, 그것을 고스란히 맞고 있는 장면도 읽었다. 그리고 3초

후 아무것도 하지 못하고 그 자리를 피할 뿐인 내 모습 역시 읽었다. 가끔 헷갈린다. 순간 겹쳐지는 현재의 나와 3초 후의 나. 어느 쪽이 진짜일까. 3초 후를 읽는다고 해도 변하는 건 없다.

　의도하고 능력을 쓴 적이 딱 한 번 있다. 중학교 1학년 때. 같은 반에 내가 우상으로 삼고 있던 농구 선수와 닮은 애가 있었다. 외모 자체는 그다지 닮지 않았는지도 모른다. 하지만 웃을 때 쌍꺼풀 없는 긴 눈이 활처럼 휘어지면 정말 흡사했다. 카리스마 있는 성격마저 똑 닮았다. 나는 그 애를 남몰래 좋아했다. 말을 나눈 적은 거의 없었다. 그 애는 인기가 많아서 늘 친구들에게 둘러싸여 있었다. 한 번은 하굣길에 학교 근처 버스 정류장에서 친구들과 함께 서 있는 그 애를 봤다. 무슨 얘기를 하는지 그 애는 웃고 있었다. 호방한 웃음을 보자 가슴이 뛰었다. 그 순간 읽었다. 버스에 타려는 순간 발을 헛디뎌 넘어지는 그 애의 모습을. 버스가 달려왔다. 나는 정신없이 뛰어가 그 애의 팔을 잡아챘다. 그 바람에 그 애는 중심을 잃고 뒤로 나자빠졌다. 그 애는 어리둥절한 표정으로 나를 쳐다봤다. 한 아이가 그 애를 부축해 일으켜 주며 귀에 뭔가를 속삭였다. 그 애의 얼굴이 일그러졌다. 뭐라 변명할 새도 없이 그 애는 짜증 난 얼굴로 친구들과 버스에 올라탔다. 그걸로 끝이었다. 그때 내게 필요한 건 시간을 되돌리는 능력이었다. 슈퍼맨이라면 가능하다고 알고 있다. 나는 물론 슈퍼맨이 아니다.

"이거 쓸래?"

손수건이었다. 산뜻한 초록 줄무늬 손수건. 세면
대 앞에 서 있는 애가 거울에 비친 나를 바라보며
내밀었다. 처음 보는 애였다. 거울 속으로 이름표
를 읽었다. 나기.

"깨끗한 거야."

"괜찮아."

"그래, 그럼."

나기가 고개를 끄덕였다. 그리고 제 손을 닦고
손수건을 펼쳐 탁탁 털더니 다시 착착 접어 신중하
게 네 귀퉁이를 맞춘 뒤 손에 힘을 주어 주름을 폈
다. 현란한 절차 끝에 손수건은 재킷 주머니 속으
로 쏙 들어갔다. 이상한 애였다. 손수건 가지고 다
니는 애는 태어나서 처음 봤다. 나기가 거울 속의
나를 빤히 바라보았다. 무슨 할 말이 있나 해서 잠
시 기다렸지만 그뿐이었다.

수업 시작종이 울렸다. 거울을 향해 눈인사를 건넨 뒤 화장실을 나오려는데 잠깐만, 하는 소리가 뒤에서 났다. 돌아보자 나기가 내 얼굴을 향해 손을 뻗었다. 흠칫한 순간 손가락이 내 목덜미를 더듬었다. 놀라서 몸을 빼자 나기가 내 목덜미에서 떼어 낸 화장지 조각을 보여 줬다. 나기와 눈이 잠시 마주쳤다. 눈동자가 유독 크고 까맸다. 그런 눈을 어디선가 본 적 있다. 생각났다. 아침에 산책로에서 종종 만나는 하얀 강아지와 눈이 똑같았다. 고맙다고 인사하니 나기는 고개만 까딱했다.

"하나, 둘, 셋!"

엄마와 나는 동시에 케이크 위의 촛불을 껐다. 생일 축하 노래는 생략한다. 노래까지 부르면 엄마는 분명 울고 말 것이다. 촛불을 끄기 전 잠시 소원을 빌었다. 엄마는 늘 단 한 가지 소원만을 빈다. 언니가 돌아오는 것. 나는 엄마의 소원이 이루어지길 빈다. 언니 없이 네 번의 생일을 보냈다. 이제 언니는 스무 살이다.

언니는 열일곱 살 생일날 아침에 떠났다. 아니, 새벽 혹은 깊은 밤이었을지도 모른다. 내가 달리기를 하고 집에 돌아왔을 때 집 안은 연기로 가득했다. 가스레인지 위의 국 냄비가 까맣게 타서 시커먼 연기를 뿜어내고 있었다. 엄마는 언니 방에 멍하니 앉아 있었다. 방은 평소처럼 단정하게 정리된 그대로였다. 책상 위에 휴대폰이 놓여 있었다. 시작 버튼을 누르면 화면에 우리 셋의 가족사진이 뜨는 언니의 휴대폰. 편지 같은 건 남기지 않았다. 아무리 찾고 찾았지만 없었다. 엄마는 며칠 동안 언니 방에서 꼼짝하지 않았다. 먹지도, 자지도 않았

다. 엄마는 심지어 울지도 않았다. 너무 슬프면 눈물도 나지 않는다는 걸 나는 알게 됐다.

"마하 생일도 얼마 안 남았네. 뭐 갖고 싶은 거 있어?"

엄마가 케이크를 물끄러미 바라보다 말했다. 내 생일은 한 달 뒤였다.

"몰라. 생각해 볼게."

"좋은 걸로 골라 봐."

"엄청 비싼 거 고른다?"

"골라 봐. 엄마 팔아서라도 사 준다."

엄마가 웃으며 말했다. 슬픈 날 하는 농담. 농담처럼 말하는 진심. 언니는 생일 선물도 풀지 못하고 떠났다.

"반야는 벚꽃이었는데 너는 작약이었어."

엄마의 눈길이 베란다 창에 닿아 있었다. 외갓

집 마당 얘기였다. 엄마는 언니와 나를 낳은 뒤, 두 번 모두 할머니 집에서 산후조리를 했다. 아기를 재우며 누운 엄마의 눈에 창밖으로 하얀 꽃이 보였다. 4월의 벚꽃, 5월의 작약. 꽃나무 많은 마당에서 할머니는 돌아가시기 전까지 철마다 꽃씨를 뿌리고 꽃을 가꿨다. 엄마는 그 집을 팔지 말걸 그랬다고 늘 아쉬워했다.

"마하야."

"응?"

"결정은…… 했지?"

열일곱 살 생일의 과제. 나는 선택해야 한다.

"나쁜 종양 없애는 거나 마찬가지야. 쉽고 안전한 수술이래."

"나쁜 종양?"

"말이 그렇다는 거지. 그냥 칩 하나 넣는 것뿐

이야."

나는 포크로 케이크를 잘라 입에 넣었다. 부드러운 크림이 입 안에 퍼진다. 딸기를 올린 생크림 케이크. 언니는 이 케이크를 제일 좋아했다. 나도 그랬지만 이젠 아니다.

"엄마는 엄마 머릿속에 칩을 넣는다면 좋겠어?"

엄마가 나를 한참 바라보다 말했다.

"나는 마하야…… 너도 반야처럼 떠나면…… 나는 못 살 것 같아."

엄마의 눈에서 눈물이 흘렀고, 나도 울고 싶었지만 울지 못했다.

아주 간단하다. 엄마 말대로 뇌에 아주 작은 칩을 심을 뿐이다. 수술을 받고 나면 나는 더 이상 카이가 아닌, 평범한 사람이 된다. 바이오칩으로 능

력이 제어되는 대신 슬플 때 맘껏 눈물 흘릴 수 있다. 수술은 매우 안전하며 부작용의 가능성은 희박하다. 머릿속에 칩이 박혀 있다는 사실마저 까맣게 잊고 살게 될 거라고 센터 상담 선생님은 말했다. 10여 년 상담 내내 들었던 얘기라 내 머릿속에 이미 칩이 박혀 있는 기분이었다. 안전을 장담하며 은은히 웃던 선생님은 머릿속에 칩을 넣을 일이 없을 것이다.

언니 방 책상에 앉았다. 언니가 떠난 뒤 나는 하루도 거르지 않고 언니 방에 들어와 본다. 책상 위에는 오렌지색 책상 등과 탁상시계와 거울, 작은 고양이 인형이 나란히 서 있다. 인형은 예전에 내가 선물한 거다. 책상 위는 언니가 떠나기 전과 변함없다. 방도 그대로다. 고양이가 그려진 베개는 색이 좀 바랬다. 엄마는 늘 베개 커버와 시트를 빨고 겨울에는 이불을 두꺼운 것으로 바꿨다. 언제 돌아오더라도 언니는 좋은 냄새가 나고 바스락거리는 이불 속에서 잘 수 있을 것이다. 나는 책상 맨 아래 서랍을 열어 보았다. 스케치북이 여러 권 들어 있다. 언니는 그림 그리기를 좋아했다. 꽃이 핀 들판과 하늘, 나무와 고양이와 새. 색연필로 칠한 그림은 생동감 넘치고 색감이 화사했다. 죽음을 읽는 사람의 그림으로 보이지 않을 정도로 눈부셨다. 나는 언니의 생일 선물을 책상 위에 올려 두었다. 스케치북과 24색 색연필이다. 언니 마음에 들었으면 좋겠다.

나는 아직 결정하지 못했다. 언니가 보고 싶다. 언니는 어디로 갔을까. 물어보고 싶은 게 많았다. 우선은 만나야 했다.

"물어볼 게 있어."

느닷없이 찾아가 건넨 말에 나기는 무표정한 얼굴이었다. 3초 후, 나기는 고개를 끄덕였다. 수업이 끝난 뒤 나기와 나는 체육관 뒤편 창고 쪽으로 갔다. 아무도 오지 않을 장소였다. 창고 옆에 의자가 쌓여 있어 깨끗한 것으로 두 개 골라 창고를 등지고 나란히 앉았다. 불쑥 물어보겠다고 해 놓고 나는 한참 동안 운동화로 바닥만 비벼 댔다.

그날 화장실에서 만난 뒤로 종종 나기와 마주쳤다. 복도나 급식실, 물론 화장실에서도. 말을 나눈 적은 없었다. 모른 척하거나 어쩌다 눈이 마주치면 어색하게 눈인사를 나누고 지나쳤다. 손수건을 내밀던 기세에 비해서는 꽤 사교성이 부족했다. 나기는 별로 친구가 없는 것 같았다. 늘 혼자였다. 그렇다고 따돌림당하는 눈치는 아니었다. 굳이 따지자

면 나기가 아이들을 따돌리는 느낌이었다. 나기의 귀에는 늘 하얀 이어폰이 꽂혀 있었고, 나기는 중력이 작은 행성 위를 애써 걷는 우주인처럼 보였다. 단지 걸음걸이가 이상한 건지도 모른다.

"너도 알겠지만, 나는…… 카이야."

원칙에 어긋나지만 일단 말해 보았다. 나기의 표정에는 별다른 동요가 없었다. 나기의 눈길을 따라가 보니 담장 안에 줄지어 서 있는 나무에 닿았다. 나이가 많아 보이는 나무들이었다. 적어도 나보다는 많을 것 같았다.

"다음 달이 내 생일이야. 열일곱 살."

그래서 뭐,라는 표정을 잠시 짓다가 나기가 말했다.

"축하해."

"어어, 고마워. 그래서 물어보고 싶었어. 너는 알

것 같아서."

나기가 나를 빤히 바라봤다. 유독 까맣고 동그란 눈동자. 분명 본 적 있다.

"내 기억이 맞는다면, 넌 작년에 선택했지?"

햇살에 비쳐 투명한 유리구슬처럼 빛나던 눈을 나는 기억한다. 나는 속으로 가만히 말했다. 오랜만이야.

"알아봤네."

나기가 말하더니 씩 웃었다. 바람이 가만히 불고 오래된 나무에서 날아온 하얀 꽃잎들이 공기 속에 조용히 나부꼈다.

내가 나기를 처음 만난 건 토요일 오전 센터 대기실에서였다. 그때 나는 농구에 조금 미쳐 있어서 늘 농구공을 들고 다니며 틈만 나면 손가락에 공을 세우고 돌렸다. 내가 떨어뜨린 공이 나기의 발치로

굴러갔고 나기는 그때마다 야, 쫌!이라거나 아, 진짜, 하며 공을 주워 줬다. 그러고는 구시렁거렸다. 이제 잘할 때도 되지 않았나. 몇 주 뒤, 나는 나기 앞에서 성공해 보였다. 내가 열두 살, 나기는 열세 살이었다.

"처음엔 몰랐어. 같은 학년이라니 뜻밖이다."

"어, 그렇게 됐어."

"수술…… 받은 거야?"

"어."

"괜찮아?"

나는 주저하다 물었다. 묻는 것도 안 되는지 모르겠다. 나는 나기의 머리를 슬쩍 봤다. 삐뚤빼뚤 자른 앞머리가 좀 이상하긴 하지만 머리에는 아무 흔적도 없었다.

"칩 하나 넣은 것뿐인데, 뭐. 듣던 대로 아주 간

단한 수술이었어. 부작용 같은 것도 없어. 매주 센터에 가서 보고할 필요도 없고. 그거 정말 지겹지 않았니? 이제 슬픈 영화 보면 눈물도 흘려. 정말 눈물이 주르륵 흐르더라. 완전 이상한 기분. 너도 곧 알게 되겠네."

"응? 어어……. 잘 모르겠어. 아직 결정 못 했어."

"의외네."

"어?"

"넌 네 능력에 별 관심 없었잖아. 늘 농구 생각뿐이었지."

그때의 나는 그랬다. 농구뿐이었다. 농구가 좋았다. 득점에 짜릿해하고 팀의 승리에 기뻐하는 농구 선수였을 뿐이다. 코트에 서면 모두 나를 응원해줬다. 내 패스에 열광하고 내 득점에 환호했다. 코트 위에 카이 같은 건 없었다.

"난 고민 따위 없었어. 하루빨리 수술하고 싶었거든. 열일곱 살 생일만 기다렸어. 때가 되자 해치워 버렸지."

나기가 손가락을 튕겨 딱 소리를 냈다.

"어어, 잘됐네."

"리액션하곤. 너 친구 없지?"

나기가 정색한 얼굴로 말해서 조금 상처받았다. 사람들은 맞는 말을 들을 때 발끈하는 법이다.

"너야말로, 전교 회장이라도 하고 있을 줄 알았는데."

"내가 권력욕이 없는 편이라."

나기가 채셔 고양이처럼 빙긋 웃었다. 그러니까 좀 더 내가 아는 나기 같았다.

"네가 기억하는 나랑 학교에서의 나는 좀 달랐어. 그냥 조용한 아이였어. 그러고 싶었어. 애들이

랑 엮이지 않고. 그런데도 결국 알아내더라. 그다음은 너도 대충 짐작하겠지. 징글징글했지, 뭐. 이런저런 괴롭힘도 그랬지만 난 끊임없이 읽었으니까. 내가 마음을 읽고 있다는 걸 애들은 상상도 못했지. 내 능력까지는 몰랐으니까. 하지만 알았다고 해도 별다르지 않았을 거야. 날 싫어하는 건 숨 쉬는 거나 마찬가지였거든."

나기는 결국 학교를 그만뒀다. 다시는 학교에 가지 않겠다고 결심했는데, 1년 뒤 다른 학교로 전학했다. 집에서 아주 멀리 떨어진, 처음 들어 본 도시에 있는 학교였다. 나기는 친척 할머니 댁에 맡겨졌다. 친척이라고 하지만 전에 본 적 없는 할머니였다.

"어쩌면 친척이 아니었는지도 몰라. 그냥 적당한 곳에 돈을 좀 주고 맡겼던 것 같아. 할머니는 혼자 살았는데 나를 보자마자 그러더라. 우리 영이랑 좀 닮았네."

영이는 할머니가 키우던 개였다. 몸집이 크고 눈이 순하게 생긴 백구. 새끼 때 할머니가 길에서 주워 17년을 함께 살다 할머니 품에서 잠들듯 세상을 떠났다고 한다.

"그 집에 가서 처음 한동안은 잠도 못 자고 밥도 못 먹었어. 버리고 간 거나 마찬가지였는데 그래도 엄마가 보고 싶었나 봐. 웃기지. 너, 그거 아냐? 개는 학대하는 주인이라도 좋아서 꼬리를 흔든대. 할머니는 내가 편식하는 것도 영이랑 똑같다며 막 웃었어. 영이가 밥을 잘 안 먹으면 고기를 삶아서 손으로 찢어 먹여 줬대. 할머니는 종종 고기를 삶아서 내 숟가락에 얹어 줬어. 그런 마음은 처음 읽어 봤어. 뭐랄까, 몽글몽글한 순두부 같았어."

"순두부?"

나기가 하얗게 꽃이 핀 벚나무를 향해 조용히 웃었다.

"폭신폭신한 카스텔라 같기도 했고. 할머니가 카스텔라를 좋아했어. 학교 갔다 오면 같이 이불 덮고 앉아 카스텔라랑 요구르트를 나눠 먹었어. 할머니는 아주 어릴 때 앓다가 귀가 안 들리게 돼서 말도 못 하는 분이셨어. 카이가 뭔지도 모르는 것 같더라. 아니, 알았다고 해도 할머니는 내 눈에 수건을 두르거나 방에 가두진 않았을 거야."

나기가 주머니에서 손수건을 꺼내 손바닥을 한 번 닦고는 반대편으로 접은 뒤 네 귀퉁이를 꼼꼼하게 맞췄다. 초록색 바탕에 하얀 물방울무늬가 있는 손수건을 손에 쥐고 나기는 가만히 내려다보았다.

"나, 사람들 속마음 따위 읽고 싶지 않았어. 그게

얼마나 끔찍한지 알아? 당연히 사람들이 아름다운 생각만 하는 건 아냐. 나를 향한 속마음을 읽는 것도 싫었지만 그게 아니더라도 종일 폭포수처럼 쏟아지는 생각들을 읽는 게 정말 끔찍했어. 사람이 싫고 무서웠어. 돌아 버릴 것 같더라고. 좀 미쳐 있었던 것 같기도 해. 어떻게 안 그러겠어. 그러니까 오직 수술만이 살길이었지. 칩 하나 넣으면 완전히 다른 사람이 된다고 하는데 어떻게 안 해."

나기의 목소리가 조금 떨렸다. 아마 이런 순간인 것 같다. 눈물을 흘려야 할 때. 다른 사람들이라면 그럴 것이다. 나도 그럴 수 있다면. 너의 슬픔과 아픔을 이해하고 느끼며 나 역시 비통하다고 눈물 흘릴 수 있다면 좋겠다. 매일 밤 소리 죽여 우는 엄마 곁에서 나도 함께 울고 싶었다. 하지만 눈물 한 방울 나지 않았다. 엄마는 내 상태를 알고 이해했

겠지만 그래도 슬픔이 넘치는 어느 날에는 간절히 바랐는지도 모른다. 내가 단 한 번만이라도, 단 한 방울의 눈물이라도 함께 흘려 주길. 내가 선택한다면 가능한 일이 된다.

"그런데 말이야, 수술 전에 이상하게 망설였어. 좀 더 읽어 보고 싶더라고. 몽글몽글하고 폭신폭신한 마음 같은 거 말이야. 수술받고 나면 못 읽게 되잖아. 하지만 결국 수술을 선택했지. 오랫동안 그 선택 말고 다른 건 생각지도 않았으니까. 그런데 참 이상해."

나기가 나직한 목소리로 말했다.

"어쩐지 여기가 텅 비어 버린 느낌이야. 나는 아무도 아닌 것 같아."

나기가 명찰 위에 손을 가만히 갖다 댔다. 심장 쪽인 것 같나.

나는 문득 이른 새벽의 달리기가 떠올랐다. 혼자 강가를 타닥타닥 달리는 발소리, 하얗게 흩어지는 숨. 푸르스름한 공기 속에서 나는 견딜 수 없이 좋으면서도 어쩐지 조금 외로웠다. 그게 어떤 기분인지 명확히 설명할 순 없다. 슬픔과 약간 비슷한데 그보다는 조금 묵직한 것이었다.

우리는 한동안 말없이 앉아 있었다. 오래전에 대기실에 나란히 앉아 블라인드 내려진 창을 바라보던 때처럼. 마치 그 너머에 뭔가 있는 것처럼 우리는 가만히 응시했다. 주위는 조용하고 꽃잎이 떨어져 눈송이처럼 고요히 낙하했다.

"그래도 읽을 수 있었지? 그 몽글몽글이랑 폭신폭신 말이야."

"할머니는 돌아가셨어. 수술받고 얼마 뒤에 소식을 들었어."

나기가 작은 목소리로 말하고 눈가를 쓱 문질렀다. 오후의 마지막 햇살이 나기의 눈가를 붉게 물들였다. 나기는 조용히 울었고 나는 기다렸다. 나기가 충분히 울 때까지. 어느 정도가 충분한지 모르지만 나는 충분히 기다려 주고 싶었다. 같이 울 수는 없지만 기다려 줄 수는 있으니까. 멀리 하늘이 조금씩 푸른빛이 옅어지고 희미하게 보라색으로 물들고 있었다.

"이제 궁금증 해결은 좀 됐나, 카이?"

얼룩덜룩한 무늬가 생긴 손수건을 착착 접은

뒤, 나기가 씩 웃으며 물었다. 나기의 눈가는 붉게 부풀어 올라 있었다.

"어어, 그럭저럭. 덕분입니다."

하지만 아직 남았다. 가장 알고 싶은 한 가지.

"혹시 알아? 수술을 택하지 않은 카이들이 어디로 가는지 들은 적 있어?"

"알지 않아? 너도 수없이 검색해 봤을 텐데."

"그 얘기들 믿어?"

"그야 난 모르지."

바람이 불어와 나기의 머리카락이 나부꼈다. 꽃잎이 눈보라처럼 휘잉휘잉 하얗게 날리고 나무 아래 떨어진 연분홍 꽃잎들이 소용돌이쳤다.

"알고 싶다면 넌 선택할 수 있잖아."

희붐한 빛 속에서 나기가 말했다.

잠이 깼다. 커튼 사이로 비쳐 든 햇살이 감은 눈 위로 어른거린다. 잠시 뒤 알람이 울린다. 알람을 끈 뒤 주저 없이 일어난다. 창밖으로 하늘이 부옇게 밝아 온다. 달리기 좋은 날씨다. 세수하고 옷을 갈아입은 뒤 집을 나섰다. 아파트 단지를 빠져나가다 문득 고개를 들어 보니 우리 집 베란다에서 누가 내려다보고 있다. 엄마다. 엄마가 나를 향해 손을 흔들었다. 나도 한참 손을 흔들어 보였다.

산책로에 도착했다. 하천 주변은 녹색이 진해지고 오리들은 무성한 풀 사이로 부지런히 자맥질한다. 나는 뛰기 시작했다. 적당한 속도와 일정한 보폭으로, 팝콘 같은 꽃이 가득 핀 길을 달린다. 바람이 상쾌하게 불어 얼굴을 스친다. 멀리 다리 아래 수면이 금빛으로 반짝거린다. 반환점을 100미터쯤 앞두고 나는 천천히 걷는다. 맞은편에서 강아지가 귀엽게 꼬리를 팔랑거리며 온다. 까맣고 동그란 눈. 귀여운 꼬리가 사라질 때까지 멈춰 서서 바라봤다. 그리고 고개를 돌리자 거기에 있었다. 커다란 나무 아래 벤치, 언니가 앉아 있다.

나는 가만히 바라보기만 한다. 이런 꿈을 꾼 적 있다. 반복하고 반복해서 꿈꿨다. 달려가서 언니를 안는 순간, 꿈에서 깼다. 다음에 꿈을 꾼다면 아무것도 하지 않고 언니를 바라보고만 있겠다고 다짐했다. 하지만 나는 이번에도 언니에게 달려간다. 눈물이 날 것 같다. 꿈에서 나는 엉엉 운다. 눈물을 흘리며. 그래서 나는 꿈인 줄 안다. 언니를 꼭 껴안고 싶다. 꿈에서라도 그러고 싶다.

"너 또 강아지 보고 있었지?"

언니가 웃으며 말했다. 역시 꿈이다. 좋은 꿈이다. 아니, 슬픈 꿈이다.

"생일 축하해, 동생."

나는 와락 언니를 껴안았다. 언니 손을 잡아 보고 언니 얼굴을 만져 본다. 꿈이 아니다. 다시는 놓지 않으리라 생각하며 언니의 손을 꼭 쥐었다. 언니는 자꾸 웃는다.

우리는 부드러운 공기 속을 걷는다. 유람선 모양을 닮은 카페를 지나고 언젠가 여름밤에 언니와 아이스크림을 사 먹었던 편의점을 지났다. 벚꽃이 지기 며칠 전 엄마가 싼 김밥을 들고 소풍 나와 다 같이 누워 있던 나무 아래를 지날 때는 잠시 걸음을 멈춰 바라보다 다시 강을 따라 걸었다.

"우리 어디로 가는 거야?"

"조금 먼 곳이야. 깊은 곳이고. 치킨 배달되는 곳은 아니지."

능력을 버리지 않기로 선택한 가이들이 보여 사

는 곳이라고 했다. 카이로 살기를 선택한 사람들이
향한 곳으로, 나는 언니와 함께 간다.

"근처 물가에 오리는 몇 마리 있어. 귀여워서 밥
주는 애들이야. 고양이가 세 마리, 강아지도 두 마
리 있어."

"강아지도?"

"아주 명랑해."

언니와 나는 마주 보고 웃었다. 자꾸 웃음이
났다.

"언니는 그곳에서도 죽음을 읽어?"

"응."

"여전히 괴로워?"

"어, 그런데 좀 다르게 읽게 됐어."

"다르게?"

"응, 너도 그곳에선 다르게 읽는 법을 배우게 될

거야."

언니가 시선을 멀리 두고 말했다. 청량한 하늘
에 어딘가로 날아가는 하얀 새 무리 같은 구름이
퍼져 있었다.

우리는 손을 잡고 계속 걸었다. 강을 벗어날 때
나는 잠시 멈춰 뒤돌아보았다. 강 건너 멀리 고층
빌딩들과 길 위에 이어진 자동차 행렬이 보였다.
보이지 않지만 저기쯤이라 짐작되는 우리 집을 바
라봤다. 햇살에 눈이 부셔 눈물이 날 것 같았다. 언
니가 잠자코 나를 기다리고 있었다. 나는 손등으로
눈을 닦고 언니에게 웃어 보였다. 우리는 다시 걷
기 시작했다.

"언니."

"응?"

"그게 진짜야? 수술을 받지 않기로 결정한 카이

를 읽는 카이가 있다는 게?"

언니가 웃었다.

"그게 말이 되냐? 카이가 그렇게 대단한 능력을 가졌을 리 없잖아."

"그럼 어떻게 내 선택을 알고 데리러 온 거야?"

"우리에게 정보가 좀 있지. 센터에 등록된 아이들에 관한 정보. 사실 우린 열일곱 살이 된 카이들 모두에게 찾아가. 그리고 기다리지. 아주 드문 선택을 하는 카이들도 있으니까."

"언니."

"응?"

"강아지들이 나를 좋아할까?"

"마음에 들게 노력해 봐야지요."

"언니, 그거 알아?"

"뭐?"

"3초 후 언니는 나를 보고 웃는다."

3초 뒤, 언니는 나를 향해 활짝 웃었다.

작
가
의
말

최상희

카이라는 명칭은 한스 크리스티안 안데르센의
「눈의 여왕」에 나오는 눈물을 흘리지 못하는 소년, 카이에서 따왔다.
일곱 겹 깔개를 깐 마루 밑, 일곱 겹의 수건으로 눈을 가린 채 갇혀 있던
아이의 이야기는 자카리아스 토펠리우스의 「별의 눈동자」에 나온다.
둘 다 내가 매우 좋아하는 동화다.
좋아하는 것을 쓰고 싶은 마음으로 이 이야기는 시작되었다.

소설의
첫 만남 **26**

카이의 선택

초판 1쇄 발행 | 2022년 8월 12일
초판 3쇄 발행 | 2023년 10월 23일

지은이 | 최상희
그린이 | 손채은
펴낸이 | 염종선
책임편집 | 김준성
펴낸곳 | (주)창비
등록 | 1986년 8월 5일 제85호
주소 | 10881 경기도 파주시 회동길 184
전화 | 031-955-3333
팩스 | 영업 031-955-3399 편집 031-955-3400
홈페이지 | www.changbi.com
전자우편 | ya@changbi.com

ⓒ 최상희 2022
ISBN 978-89-364-3104-4 44810
ISBN 978-89-364-5965-9 (세트)